2025

루나파크 일력

매일매일 심력 충전

2025년은 특별해
우리가 만났으니까

2025 루나파크 일력
: 매일매일 심력 충전

초판 1쇄 발행 2024년 10월 30일

지은이 루나(홍인혜)
펴낸이 윤동희
책임편집 김미라 **편집** 최유연 이예은 유보리 황유라
디자인 김소진
마케팅 윤지원 김연영 최유지

펴낸곳 ㈜미디어창비
등록 2009년 5월 14일
주소 04004 서울 마포구 월드컵로12길 7 창비서교빌딩
전화 02) 6949-0966 **팩시밀리** 0505-995-4000
홈페이지 books.mediachangbi.com
전자우편 mcb@changbi.com

2025 루나파크 일력

루나(홍인혜)
@lunapunch

광고회사 TBWA에서 일했고, 홈페이지 루나파크를 만들어 만화를 그려왔고, 2018년 시인으로 등단했다. 지금은 회사를 떠나 다양한 분야의 창의노동자로 살아가고 있다. 여러 마리의 토끼를 쫓느라 늘 힘에 부치지만 모든 토끼가 사랑스러워 걸음을 늦출 수가 없다. 지은 책으로는 『루나의 전세역전』 『우리의 노래는 이미』 『고르고 고른 말』 『혼자일 것 행복할 것』 『루나 파크 옷걸이 통신』 『지금이 아니면 안 될 것 같아서』 『루나파크』 등이 있다.

하지만 그보다 중요한 건

심력

마음의 힘이 있어야
다른 모든 힘이 의미 있어져

31

365일을 살아낸 것만으로 우린 충분히 멋졌어

정답게 손잡고
새해로 넘어가자

하나도 없다!

모든 선택이

당시의 최선이었어

신년 플랜을 세우자

큰 인물답게
큼직한 계획들로!

2025 루나파크 일력

★ 상반기 ★

새해 첫날

일 년
사진첩을
되짚어
본다

마음속 보석함에 남을

단단한 기억들

빛나는 마음들

26

정말
한 해가
저물어
가네

흥겨운 날이 지난 뒤
헛헛해진 마음
단속하기

스스로에게 큰 거 하나 안겨주자

신년 동물과 통성명 해볼까?

12월

동지

올해와 잘 작별하고
내년 마음을 준비할 때야

과도한 책임감 금지

겨울철 패딩은
복지다

1월

금요일

10

금광 같은
금요일!

사회생활을 멈추고
사생활을 시작하자

18

루나의
겨울 동심

일주일
남았다!

설레며
성탄절을
기다려

내 산타는

나지만

그래도 좋아

17

루나의
겨울 동심

담요에
푹 파묻히는
기분이
좋아

강보에 싸인

아이가 된 듯

그저 무장 해제되는 포근함

16

루나의
겨울 동심

겨울엔
커피보다
핫초코

혀에 감기는
진한 달콤함과
은근한 쓸쓸함

루나의
겨울 동심

난 아직도
눈썰매가
좋아

겁보도 감당할 수 있는
이 소박한 스릴이 좋다

비는 시간엔 독서를

자극에 절여진

피클 같은 뇌에

맑은 물이 필요해

14

오늘의
무기력도
의미가
있어

마음이 지칠 땐
억지로 힘내지 않기

16

정신승리는
승리 중의
승리다!

정신이 지면
다 지는 것이다

몸을 움직여
마음 면역력 높이기

17

이번 주
대충 살려고
했는데…

나도 모르게

갓생 살아버렸네

11

오늘
무슨 일이
있었냐면

좋아하는 친구 만나
지친 마음 위로받기

18

오늘의
가장 큰
움직임

♥ 돌아눕기 ♥

눕기는
주말 최고의 레저다

10

다시
봐도
박감동

예술이 있어
모진 세상
견딜 만해

좋아하는
작품 정주행해서
마음 온도 올리기

9

아침부터
내 마음
촉촉

좋아하는 음악 틀고
출근 준비하기

대한

이번 주 미션 :

내 마음 컨디션 챙기기

대 : 대단한 눈이 올까요?

설 : 설레고 두근거려요

22

일상에 힘없이 치이지 않고
일상을 가뿐히 쳐내는
내가 되길

은은하게 번져드는

차향이 기분 좋아

앵두 전구처럼 반짝이는
겨울의 낭만 속으로

붕어빵은 겨울의 심장

제철 생선 많이들 챙겨 먹길

길몽이 안 맞는 사람은
흉몽도 안 맞을 테지!

등허리
따뜻한 게
최고

전기 장판, 온수 매트,
탄소 매트…
겨울엔 이 바닥이 내 바닥

2

연말 흥을 돋우는 데
이만한 게 없지

27

독립하고
나서부터

깡통햄
선물이
좋아졌어

집안일 좀
해본 이들은 알지
이 녀석들 비싸다고

29

혼자만의 시간으로

심력 충전하기

28

금요 심력
향상 비법

심야영화
봐야지

내일 늦잠 자도 되니까
깊은 밤을 만끽하기

우리는
권태기가 없는
사이

2월아
정속 주행 부탁해

주말의 유일한 활동:
생명 활동

좋아하는 향수로
오늘의 배경 향기 만들기

2월

월요일

3

당신의 운세는
대길 넘어 특대길

立春大吉

24

월요 심력
향상 비법

꼬까템
준비 완

새 패션템 사두고

'이거 뽐내러 회사 간다'

생각하기

4

나는

나의

주 양육자

겨울
마음을
준비하자

추위에 지지 않도록

마음 온도를 올려두기

22

겨울 소품을 준비하자

내 원픽은 목도리

오늘은 소설,
작은 눈이라도 내리면 좋겠네

6

이 정도
고민
했으면

나는
나의
메인 스폰서

사도
될것
같아

21

고구마 없는 겨울은

수박 없는 여름과 같지

20

하루 중
최소 3분의 1을 보낼
나의 둥지 챙겨보기

올겨울 나를 넣어 다닐

보드라운 포장재 준비하기

나는
나의 전속 응원단

18

겨울
파자마를
장만하자

보들보들 포근포근
겨울 피부 장착하기

그건 모두 인생의 하이라이트만

보여주기 때문이니 좌절 금지

17

2월

수요일

정월 대보름

정월 대보름
가장 풍채가 좋아진
달의 우주쇼

15

주 : 주문하시면

말 : 말아드립니다

식물성 강인함을 존경해

심장 뛰기, 침 삼키기,

지방 쌓기, 눈 깜박이기, 존재하기

한발 앞선 주말 흥에

서둘러 취해본다

집에서
할 수 있는
일도 굳이

카페에
나와서
하는 건

집에도
차와 탁자는 있지만
카페만의 무드가 없으니까

16

우리는
온기
공동체

겨울엔

서로의

생체 난로가 되자

11월   화요일

빼빼로데이, 가래떡데이, 서점의 날, 레일데이

오늘은
기념일
각축전

오늘을 기리고 싶은
사람들이
참 많은가 봐

2월   월요일

이번 주 미션 :
혼자의 역량을 높여볼 것

10

겨울은 눈처럼 쏟아지기보다

비처럼 스며든다

18

혼자 보는 심야 영화!

어둠 속
빛나는 스크린과
단둘이 남아보자

집단 식사의 의무에서 벗어나보자

8

만난 적 없는 이를 만나게 해

가본 적 없는 곳에 가보게 해

혼자
원데이 클래스에 가보자

전부터
배워보고
싶었어

한 해의 마무리는
차갑게, 선명하게

21

이번 주
들어 기분
최고

혼술이
별것 아님을 체험해보자

음악이
있음에
감사해

BGM이 깔리면 평범한 삶도

영화처럼 느껴져

22

이 노래
좋군 두 번
갈겨~

혼코노에

도전해보자

돌아갈
집이 있다는 건
고마운 일이지

23

혼자
못 할
일은

2인3각
경주뿐

혼자의 역량이 커지면
인생이 자유로워진다

수시로 열받지만
덕분에 먹고삽니다

24

긴 겨울 끝
무기력
주의

내 탓이 아니야

계절 탓이야

25

영원한
무기력은
없어

영원한 겨울이 없듯

후드티
입기 좋은
시절

캥거루 같은 배 주머니에
손을 넣는 기분이 좋아

찾으려 헤매지 않아도

봄은 알아서 와준다

1

겨울이 먼발치에서

기웃거리는

11월이 왔다

내 마음에게

권위를 주자

31

청소기
돌리고
구경하자

집안일 외주 주고 만족해보자고

30

식료품
창고를
채우자

일용할 양식을

마련해보자고

3월   토요일

삼일절

1

신념을
위해

목숨을
걸 수
있을까?

삼일절,
용기에 대해
생각해본다

29

침구를
싹 세탁
하자

보송보송
향긋향긋한 침구에
누워보자고

봄옷 입을 생각에

목련처럼

마음이 부푸는 시기

28

냉장고의
적폐를
청산하자

이미 음식물이 아닌
녀석들을
퇴출해보자고

억울하게 날려먹은 휴일을 갚아주는
합리성에 건배!

이번 주는 가사 주간!

사랑하는 사람을 돌보듯
사랑하는 공간을 돌보자

5

경칩
점프!

겨울잠에 취해 있던 영혼
봄기운에 깨어나다

그건 고독이 아닌 피로나
탄수화물 부족일 수 있다구

내 마음은 작지 않아

결이 고울 뿐

24

마음이 병들면 병든 관계를 맺게 돼

모든 관계는
나부터 건강해야
잘 맺을 수 있다

세월이 너무
빨리 간다 싶으면
필라테스를 해보자

23

널 만나면
마음이
충만해

어떤 관계는

기분 좋은 포만감을 준다

8

부디
안녕
하세요

세상 모든 여성이
안녕하기

이번 모임
어쩐지
공허해

어떤 관계는

헛배가 부르게 한다

9

취침 전
폰 보지
말라던데

그게 하루의

낙이라면

해도 되지 않을까?

인간관계는 음식처럼
넘치면 속이 부대낀다

이번 주 미션 :

자신의 실수에 관대할 것

인간관계는 음식처럼

부족하면 허기가 진다

19

너처럼 용감한 마음으로

바다에 처음으로 뛰어드는
펭귄의 용기를 존경해

12

인터넷 쇼핑이 생긴 이래

쭉 해온 실수를

웃어넘기자

17

너처럼
진득한
마음으로

코알라는 질리지도 않고
유칼립투스만 먹지

16

너처럼
지순한
마음으로

개의 사랑은 순수하지

기한도 없지

헬스장에 기부해

국민 체력에

이바지한 셈 치자

15

너처럼
도도한
마음으로

질척이지 않는
고양이의 은근한 애정이 좋아

햄스터는 혼자가 편안해

외로움을 몰라

벚꽃,

매년 보장되는 아름다움

이젠 내 눈치만 살필래

질 좋은
잠옷을
사보자

오직 내 숙면을 위한

예복을 갖추자

하루를 꽉 채워 노는 것도 좋지만

텅 비워 쉬는 것도 좋지

3월

목요일

춘분

일 년 중
밤낮의 지분이
똑같은 하루

천지만물에 감사해하며

하루를 만끽하시길

3월

금요일

21

시는 겨워서 찾게 돼

사랑에 겨워
이별에 겨워
인생에 겨워

내 말을 담아낼

고유의 그릇이 있는 건 행운이야

23

강아지가
침투하지 못하는
마음은 없어

24

오늘 나
상당히
괜찮았다

잠들기 전에는

내가 쳤던 개그를

곱씹는 게 좋다

6

모든 명절이 좋지만

달이 큰 추석이 으뜸

부른 마음으로
부른 달을 바라본다

오늘 제가
준비해본
음식은요

밥을 먹을 때는
먹방을 한다 상상하는 게 좋다

추석 연휴

5

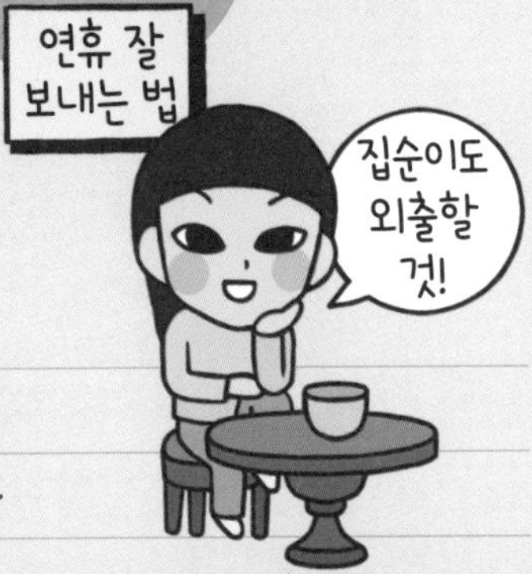

집에만 있으면

그 날이 그 날 같음

26

무게를 칠 때는
인류의 최종병기가
됐다고 상상하는 게 좋다

내가 드는 건
인류의
희망…!

회식은 평소 못 시키던 음식을
체험하는 자리라 생각하면 좋다

3

오천 년 전
하늘이
열렸다

이 땅의 모든 이야기가

시작된 날이야

손해 본 돈은
수업료라 생각하는 게 좋다

게다가 긴 연휴 목전

어떻게 안 행복해?

29

내 특기는
의자에
눕기

주말엔 최대치로
방만해지는 게 좋다

30

그 사람 날 싫어하는 것 같아

···라는 생각이 들면

'안티가 있어야 슈스'라

생각하는 게 좋다

힘차게 두 자릿수의 달로

넘어갑시다

인생의 모든 순간은
다시없을 찰나의 연속

난 월요일보다

기세가 좋은 여자

주말은 속히 오라

세월은 더디 가라

산은
멀리서
보는 게
최고

↖
등산
헤이터

멀찍이 보아야 예쁘다

산이 그렇다

숨을 고르고
그 어느 때보다
침착해져야 한다

가을의 컬러 콘서트가

시작되려 한다

판단1

이건 돌아서면 후회할 분노다

짜증에 가까운…

이럴 땐 전력으로 참을 것
화를 내도 찜찜하다

매미 소리 볼륨 다운

귀뚜라미 소리 볼륨 업

이럴 땐 침착하게 화낼 것

억누르면 한이 된다

가을바람의 서늘한 손이
땀에 젖은 이마를 짚네

내가 키우는 생명체의 생장은

늘 감동으로 다가와

24

한 주의
복판을
지난다

우리의 수요 마음
지치지 않게 주의

6

요맘때는
햇살도
안주다

기온이 올라갈수록
맥주 맛도 올라간다

22

멋진
가을옷
장만하고
싶어

그거 입는 맛에
당분간 회사 다닌다

삼라만상을
구독하고
있네

헛구독으로
새는 돈을 아껴보자

이 조합은
민족의 앙상블

헛걱정으로
새는 마음을 아껴보자

더블 김치, 트리플 김치
가능한 게 한국인 아니겠소

10

숏폼
보다 보니
3시간...

헛즐거움으로
새는 시간을 아껴보자

11

저자에겐 분노도 낭비다

헛분노로
새는 에너지를
아껴보자

돌고 돌아 우리는
결국 이곳으로 돌아오지

12

마음이
헛헛해

뭔가
사들이고
싶어

헛물욕으로
새는 자산을 아껴보자

13

그때
그러지
말걸

헛후회로
새는 영혼을 아껴보자

유년기부터 먹었지

노년기까지 먹을 듯

14

4월엔

아름다움이 제철

이번 주는
식도락
주간

내가 먹는 것이
나의 몸, 나의 마음을 만든다

반도의 트렌치 시즌은 찰나

14

안부를 챙길 가족이 있다
축하할 일이지

세월호 참사 11주기

해묵은 슬픔이 파도치는 날

지친 몸을 누일 거처가 있다

축하할 일이지

이만한 기분 전환이 없지!

시시콜콜 수다 떨 친구가 있다

축하할 일이지

나만 아는 디테일이 있다고

만 걸음은 끄떡없는 두 다리가 있다

축하할 일이지

4·19 혁명 기념일

19

집순이도
평소 반경을
벗어나게 하는 계절

푸지게 먹고 예사로이 소화했어

축하할 일이지

4월 일요일

곡우

20

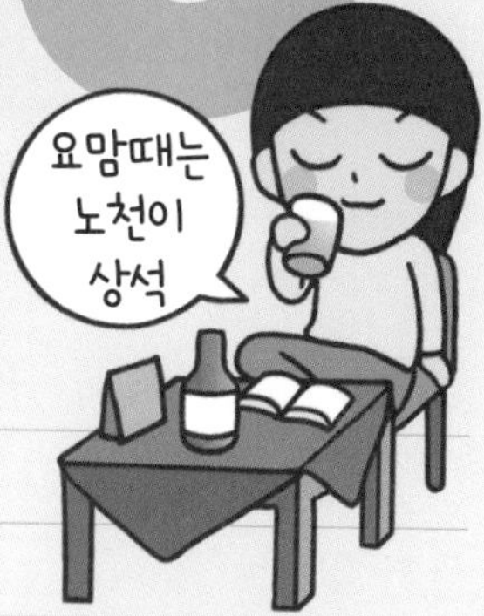

즐거이

한길에 나앉자

9

랜덤 재생한 노래가

내 취향!

축하할 일이지

인생, 좋아만 하기에도 짧다

이거
정말
대사건!

이번 주 미션 :

아무거나 축하하기

지구의 날

예쁜 양말 자랑하기도 좋지

풀이 너른 가을 공기 속으로

세계 책과 저작권의 날

23

털
친구들의

시옷
입술을
좋아해

뽀뽀를 부르는 시옷이라구

오늘은
달이
크다

노랗게 토실토실
살찐 달을 보는 즐거움

내 흥은

내가 돋운다!

'N살에 맞는 옷차림'

이런 건 없다고 생각해

명상으로 마음의 리듬 찾기

그야말로 비의 복판을
걸어가는 느낌

내 기분이 만개하도록

웅크리고 앉는 아늑한 기분

다음 계절 입장 대기 중

다이어리
쓰는 걸
좋아해

흘러가고 잊힐 하루를
역사로 남기는 시간

원가 결심하기 좋은 날이야

배낭
메는 걸
좋아해

늘 학생이 된 듯한 설렘이 있어

막상 가면 아쉬운 게

여름 나날들

30

좋아하는
것들로

꽉꽉
채운 4월
이었길

좋아함은
귀하고 소중해서
아껴줘야 해

할 말 다 하고 살려면

혼자 사시라

노동자 전원 오늘 기립 금지

나도 너를, 너도 나를 구원 못 해

구원은 셀프로

난방도 냉방도

필요 없는

찰나의 호시절

기승전'나'인 사람은

어디에서도 환영받지 못해

3

캠핑하기
딱인
계절

대자연은
바쁜 마음을
느긋하게 해

마음을 닳아 없어지게
하는 사람과는 멀어질래

내가 우주의 티끌임을
종종 상기하자

26

가까운
이에게
짜증 내지
말자

가까운 이에게
짜증을 부리면
내 영혼도 다친다

나에게
게임기
쏜다

내 안의 어린이에게

선물하는 어른이 되다

관계에도
기술이
필요해

이번 주 미션:

관계를 잘 돌보기

이번 주는
주 3일제

이 생각으로
연휴의 마지막을
위로한다

그건 바로 나

얘랑 노는 게 제일 재밌지

퇴근하고
야구장에
가자!

하루의 스트레스를
담장 밖으로 날려버려

어버이날

늘 우뚝 서 계신

엄마, 아빠 사랑합니다

22

여름밤
불꽃놀이를
좋아해

코끝에 감도는
은은한 화약 냄새도

이런 날도 하루쯤

있어야지, 암

여름은 더워야 맛이라지만

충분히 맛본 것 같다고

나는 나의 영원한 원픽

11

두 발을
힘껏 굴러

육체로 낼 수 있는
최고의 속도를 만끽한다

오랜 세월 함께해온

반려 불안을 너무 미워하지 말자

이번 주 미션 :

타인에게 다정함을 건네기

나 지금 안 괜찮아

하지만 그래도 괜찮아

5월

화요일

13

음식
맛이 너무
좋았어요

맛있었으면
맛있었다고
입 밖으로 표현하자

14

타인의 미감과 기술에
경의를 표해보자

16

오늘의
심력 증진
문장

네 가락
내 가락
불협화음

너는 네 가락대로 살아

나는 내 가락대로 살게

5월   목요일

스승의 날

15

제자도 스승에게
역칭찬을 건네보자

덕분에
사람 꼴로
삽니다

한 명인 게 아쉬울 따름

이벤트가 없어도

맛집은 후기를 남겨주자

나의 왕국에선

내가 기준이자 표준이야

18

한 주가
다정함으로
충만했어

내 곁의 모두가

그러했길

5월   월요일

성년의 날

성년이 된

모두를 축하해

8월

월요일

11

오늘의
심력 증진
문장

나
아니면 누가
잘돼?

우주가 밀어주는 사람

그게 나라네

10

일상,
뜻밖의
경이로 가득
차 있네

우리가 만사를
새삼스러워하기만 한다면

스스로의 어른 됨이

새삼스럽게 기뻐

22

루나가 꼽는
일상 초인 ②

퇴근하고
바로 씻는
사람

일반인 : 퇴근 후
실신 타임
N시간 필요함

세계 고양이의 날

넌 내게
계산 없는
사랑을 줘

가늠이 안 되는
이 큰 사랑이 새삼스러워

루나가 꼽는
일상 초인 ③

먹자마자
설거지하는
사람

일반인 : 식후 중력이

열 배 커지는 탓에 누워버림

새삼 놀라운 일상 기적이라네

돌보는 식물의 결실은
늘 새삼스러운 경이야

나는 비가 오는 게
늘 기적 같아

가족 사랑 실천하는

한 주를 보내볼까?

이번 주 미션 : 만사를 새삼스러워하기

멀고 먼 훗날

찍어두길 잘했다 생각할 거야

날마다 발을 굽는 시절

발등에 샌들 자국 남는 게 좋아

여름의 기념품 같거든

28

내 가장

유서 깊은 친구에게

다정함을 건네본다

작은
추위를
먹는다

더위는 날마다 먹고 있거든

5월   목요일

29

세상 누가
내 목소리만으로
이렇게 반가워하겠어

여름,
절정을
맞이하다

8월의 뜨거운 시작

우리의 시간이 유한함을
시시각각 아쉬워하며

모든 치열함에 경의를

이 날씨에 사랑 안 하면 유죄

30

호로록
냉기 충전

마음까지 시원해지도록

6월 초조함에 주의하자!

사무실이
최고다

시원해~

이런 망언이 다

튀어나오는 날씨

지구를 생각하는 한 주를

화끈하게 시작해본다

오늘도
모기와의
눈치 싸움

심야의 모기 알람

오늘은 울리지 않기를

3

다회용기 챙겨서 포장 주문하자

죄책감이 없으면
뭐든 더 맛있다

오직 주말에만 활짝 피는 꽃

"봉지 필요하세요?"라는 질문에
늘 "아니요"라고 말하도록

김밥은 완전식품이야

남의 살을 먹지 않는
푸릇한 하루를 보내본다

천천히 녹는 얼음과

천천히 깊어가는 여름밤

농담은
회의실의
꽃

지루한 회의일수록
양질의 농담이 필요해

불개미처럼 모여 앉아

단것을 먹자

손안에 달그락거리는

얼음을 느끼며

21

오늘의 한 송이

이번 주 미션 : 일상 속 꽃 찾기

6·10 민주항쟁 기념일

10

꺼리던 장르의 영화를 찍먹 해볼래

공포물 도전!

혹시 알아?

안 가본 섬에

보물이 있을지

여름을
즐기는 법

파도를
온몸으로
느끼기

여름을 맞아
제철 파도를 맛보자

18

여름을
즐기는 법

프리
다이빙
도전!

우주를 유영하듯
바닷속을 부유하고파

13

가본 적
없는
도시로
떠나
볼래

고속버스에 올라

일상에서

고속으로 멀어지자

잠옷은 집순이의 유니폼

제대로 갖춰야 해

모처럼 낯선 관계 속에

나를 던져 넣어보자

16

여름을
즐기는 법

숨 참고
풀장
다이빙!

차갑고 푸른 물의 품에
푹 안겨본다

7월 화요일

15

여름을
즐기는 법

연유
듬뿍 팥빙수
먹기

K-여름의 맛
즐겨보자고

16

모두가
날 좋아할
수는 없지

인류 모두에게

해당되는 말이니

너무 서글퍼 말길

두개골이 쨍 울릴 정도로
차갑게, 차갑게

13

우리의 기분,
축축해지지 않게 주의

18

흥
헛소리는
안 듣는다

내 마음엔

노이즈 캔슬링 기능이 있지

남의 멋에 겨워 살 순 없잖아

11

시원한
소식이
필요해

우리의 마음,
더위 먹지 않도록

과한 생각은 행동을 굼뜨게 해

일 년을 버틸

심력 충전 제대로 하고 와

별다른 준비 없이 스며들 수 있는 편안함

22

무일정이
최고의 일정이지

휴일
칩거 일정
최고

벽지처럼 발린 명화들 틈에서

걷고, 먹고, 졸고

이번 주 미션 :

나를 마냥 칭찬하기

하루 5만 보 걷고 5끼 먹어보자고

나를 먹이고 입히는 나,

대견하구나

택시
안 탔어!
건실해!

지친 육신으로
대중교통에 오른 나,
알뜰하구나

낯선 인생들의 모자이크

그 편린이 되는 기분

매일 내 몸을 챙기는 나,
착실하구나

대기마다

묻어 있는 여유

27

> 숏폼 안 보고 책 봤다

볼 때 노력이 필요한 콘텐츠를
공들여 즐기는 나, 멋지구나

공항에는
설렘이
일렁거려

콘서트 직전의
객석처럼

돈도 아끼고
몸도 아낀 나,
흐뭇하구나

그것은 휴가 계획!

비를 예감하고 우산을 챙긴 나,

똑똑하구나

만물의 생명력이
뜨겁게 끓어오르네

영영 가버린 게 아니야

내 안에 남은 거야

2025 루나파크 일력

★ 하반기 ★